NADIA BUDDE

TRAURIGER TIGER TOASTET TOMATEN

· EIN ABC ·

PETER HAMMER VERLAG

A
ANFANG
ANTON HAT APPETIT AUF ANIS,
ALMA HA APPETIT AUF AUSTER MIT ANCHOVIS

Bilderbücher von Nadia Budde
im Peter Hammer Verlag

Flosse, Fell und Federbett
Pappbilderbuch

Eins zwei drei Tier
Pappbilderbuch

One two three me
Pappbilderbuch

Kurz nach sechs kommt die Echs

Unheimliche Begegnungen
auf Quittenquart

Und außerdem sind
Borsten schön

Und irgendwo gibt
es den Zoo

Auf keinen Fall
will ich ins All

B

EIN BLONDER BOCK
MIT BACKENBART
WAR BOXER VON
BERUF.

ER BESASS EINEN
BADEMANTEL
MIT BLAUEM
BAND
UND EINEN
BEACHTLICHEN
BRIEFBESTAND.

BEKAM OFT
BLUMEN,
UND BUNTEN
BESUCH.

MIT COCKTAILKLEID IM CABRIOLET
WILL EIN CHAMÄLEON ZUM CABARET.
DER CHAUFFEUR WILL LIEBER INS CASINO.

D

Dörte, Dagmar und Dora,
Die Düsseldorfer Drillinge,
Denken dies und das,
Doch nie dieselben Dinge.

Dörte denkt an
Dauerwurst
und Dosendorsch
(mit Delle),

EIN
EINSAMER,
ETWAS
EITLER ELCH
ERHIELT
EINMAL
EIN EILPAKET.

ER DACHTE:

EKLIGES
ESSIG-
ELIXIER?

ODER EIN
EINWEGBIER?

EVENTUELL
EIN EDELKELCH?

ES WAR ABER:
EIN EINSAMER,
ETWAS EITLER
ELCH.

G

DEM GURKENFREUND GERD GUMPISCH
GEHÖRT EIN GRÜNER GOLDFISCH.
GELEGENTLICH GERÄT DER FISCH
INS GURKENGEMISCH
AUF DEM GARTENTISCH.

EIN IGEL,
AUF EINER INSEL ISOLIERT,
IST IMMER SEHR INTERESSIERT...

... AN DEM JACHTSCHIFF,
DAS JEDES JAHR SEINE INSEL PASSIERT
UND JOHANNISBEERJOGHURT
TRANSPORTIERT.

K

KURZE
KATZEN
KÖNNEN
KRUMME
KATZEN
KRATZEN.

KOSTÜMIERTE
KATZEN
KÖNNEN
KÄSE KOSTEN.

L

LIEBER EIN LILA LAUBFROSCH MIT LOLLIPOP, LIMONADE UND LEICHTER LITERATUR,

ALS EIN LAUNISCHER LEGUAN MIT LANGEWEILE, LACKSCHUHEN UND LILA LEDERARMBANDUHR.

M

MODERNE MADEN
MÖGEN MUSIK,
DEN MOND, DAS MEER
UND DIE MATHEMATIK,
MALEREI, MUSEEN,
(DIE MARZIPANFABRIK)
UND MODE
AUS MARINEBLAUEM TÜLL...

... AM MEISTEN ABER
MUFFIGEN MÜLL.

N

HERR NIEMAND AUS NEUSTADT
NENNT NIE SEINEN NAMEN.
NIE UND NIMMER WILL ER NUR
EIN "NIEMAND" SEIN.

DIE NACHBARN NEBENAN,
DIE DEN NAMEN NICHT KENNEN,
NENNEN IHN NUR
DIE "NUMMER NEUN".

IN OTTILIES OFENRÖHRE
GIBT ES OFT OMELETT,
ODER OCHSENOBERSCHENKEL
IM ORANGENSOßENBETT
UND OBLATEN ODER OBSTBRE
(MIT ROSINEN),

ONKEL OSKAR ÖFFNET OFT
NUR ÖLSARDINEN.

P

PETER, PAUL UND
PRINZ PUDERNUDEL
PROBIEREN PERÜCKEN
BEI PIANOGEDUDEL.

PAULS PERÜCKE PASST
PRINZ PUDERNUDEL,

PETERS PERÜCKE
PASST PAUL,

DIE PERÜCKE VON
PRINZ PUDERNUDEL
ABER PASST AM BESTEN
ZU PETERS PUDEL.

Q

QUALLEN QUIETSCHEN
AUF QUADRATEN
ÜBER QUECKEN,

RATTEN RASEN
AUF RÄDERN
ÜBER
RHABARBERHECKEN.

S

SCHEUE SALAMANDER-
SCHWESTERN
SOFFEN MAL SIEBEN
SEKTFLASCHEN AUS.

SPÄTER SANGEN SIE SCHLAGER
    UND SCHLEUDERTEN
        SENFDECKEL
    AUF DIE STRASSE RAUS.

TRAURIGER TIGER TOASTET TOMATEN.

U

EIN UHU IN ÜBERGROßER UNTERHOSE,
UND UNTERWEGS AM URLAUBSSTRAND,
UNTERSUCHT EIN UNGEWÖHNLICHES U-BOOT,
DAS ER UNERWARTET AM UFER FAND.

EINER VERKLEIDET SICH,
EINER WIRD VERSCHICKT,
EINER WIRD VERGESSEN.
DER VIERTE ABER WIRD VERRATEN
UND VERHAFTET UND IST WEG.

DENN BEI WINTERWETTER IM WALD
WIRD WÖLFEN OHNE WESTE KALT.

EIN YAK MIT AXT UND TEXASHUT
WAR X-MAL SCHON IN MEXIKO.
DIE EXTRA HOHEN YUCCA-PALMEN
GEFALLEN IHM EXTREM GUT.

Z

AUS EINEM ZIEMLICH
ZERKNITTERTEN ZYLINDER
ZIEHT EIN ZAUBERER ZUERST:
ZWEI ZAHME ZIEGENKINDER,
DANN ZWERGE MIT ZIPFELMÜTZEN
ZÄHE ZERVELATWURSTSPITZEN
ZWIEBELZÖPFE, ZIERFISCHTÖPF

8. Auflage Sonderausgabe 2014
© Nadia Budde
© Peter Hammer Verlag GmbH, Wuppertal 2006
Alle Rechte ausdrücklich vorbehalten
Druck und Bindung: TBB, a.s.
ISBN 978-3-7795-0071-1
www.peter-hammer-verlag.de